둥근 것의 힘

둥근 것의 힘

2022년 3월 30일 초판 1쇄 발행
2023년 7월 20일 초판 2쇄 발행

지은이 | 김숙희
펴낸이 | 孫貞順

펴낸곳 | 도서출판 작가
  (03756) 서울 서대문구 북아현로6길 50
  전화 | 02)365-8111~2 팩스 | 02)365-8110
  이메일 | morebook@naver.com
  홈페이지 | www.morebook.co.kr
  등록번호 | 제13-630호(2000. 2. 9.)

편집 | 손희 박영민 설재원
디자인 | 오경은 박근영
영업 | 손원대
관리 | 이용승

ISBN 979-11-90566-36-0 03810

값 10,000원

작가기획시선

둥근 것의 힘

김숙희 시조집

작가

■ 시인의 말

말씀 밭에 뿌린 詩 농사 수확물,
아무리 줄을 세워도 어빡자빡이다.
그래도 어여쁜 것이 더러 있다고
어마지두한 마음을 쓸어주는 3월 봄빛.

꽃 같은 사람에겐 꽃같이,
별 같은 사람에겐 별처럼,
이 시편들이 날아가 안기기를.

2022년 3월
거북선나루터에서 김숙희

차 례

2부 타작마당 가장자리

3부 못 잊어 딸려 온 것들

4부 정지된 화면 속

5부　내려다보고 살아라

해설

1부

그 핏 속에 나, 있으리

청탁원고

어디에도 길은 없다, 벽과 벽 사이에는

수천 길 크레바스 갇혀버린 열 손가락

한 뼘도 나가지 못하는 허공 속에 뜬 감옥

오징어 게임

오징어 두루치기 재료를 준비한다

칼집을 내보려고 도마에 놓는 순간

"무궁화 꽃이 피었습니다" 귓전에 쟁쟁하다

그 순간 손놀림이 격하게 빨라진다

주방에서 탈락하면 어디로 갈 것인가

하루에 서너 번은 죽지, 세상을 읽다 보면

햄릿증후군

그 누가 버렸을까, 박달나무 저 책꽂이
재활용품 모퉁이에 소낙비 맞고 있다
거둘걸, 하는 마음이
집 안까지 따라왔지

살다 보면 이러한 일 어디 한둘일까
지난날 아차, 하다 놓쳐버린 말 한마디
다음에, 다음에 하다
엇갈렸던 길도 있지

장엄미사*

길은 이미 정했다고 다른 뜻은 없다는 듯
풀숲에 든 사마귀 한 쌍 꽃불 당겨 불 지핀다
이윽고 자지러지며
하늘 바라 멈춘 수컷

죽자 하면 산다는 말 심지로 세웠으니
그 한낱 숨결마저 그대 다 거두시라
온 천지 초록이 올 때
그 핏속에 나, 있으리

*베토벤의 미사곡

외등

지난 것 다 내주고 물기 마른 옥수숫대

오래된 폐가처럼 삭은 관절 무너지고

찬바람 허리 휘감는 요양병원 저 불빛

역류성이라는?

한밤중 가슴팍으로 갈잎이 부서진다

잘 있지,
안 아프지,
몰래 혼자 묻던 안부

못다 한
무엇이 있어
식도를 타고 넘나

시래기

사내는 사죄한다며
겹겹이 담을 쳤다

십여 년 간경화로
누렇게 뜬 아내 얼굴

야속히 잘도 말라서
품에 안아 거둔다

바람난 무

야멸차게 잘랐는데 한순간 어이없네!

　바둑 공책 반만큼씩 구멍 숭숭 빠꼼빠꼼 달랑게 집 즐비하게 늘어섰네 어쿠! 그럴싸한 겉모습에 그만 속고 말았구나 오동통 뽀얀 얼굴 연초록 볼연지에 말끔하게 목욕시킨 그 모습, 그 자태는 얼마나 또 정갈했나, 첫눈에 반했거늘 한 치의 망설임도 없었거늘 고뿔 기운 다스리려 뭇국, 뭇국 서둘다가 오늘 저녁 뭇국은 그야말로 無국일세 애재라, 심사가 배배 꼬여 바람 든 널 냅다 홱 던지려다 아니 아니, 아니지 슬그머니 제자리에. 뉘 몰래 바람 난 게 어디 너 하나랴, 너뿐이랴…

　안경도 나이가 드니 도수에도 바람 드네

바람 맛

있잖은가 그런 날, 등짝까지 시려오는
헐거운 문 밀쳐 들어 술잔 두엇 앞에 놓고
감자전
따끈한 손결에
허리띠도 풀어 놓고

안줏감에 앉은 이름 팽이처럼 돌리다 보면
눈구름에 무거워진 하늘 반쯤 내려앉고
일탈을
꿈꾸는 막걸리
발왕산을 마신다

매미는 떠나가고

갈 때를 안다는 건 조금씩 철드는 일

짧은 순간 안타까워 울음 다 풀어 놓고

가볍게 비워 둔 자리, 바람 달려와 채운다

깎이지 않겠다는 푸르른 목청으로

한여름 뙤약볕도 온몸으로 반겼는데

노래만 남은 그 자리, 흔들리는 미루나무

둥근 것의 힘

울퉁불퉁 바윗돌이 몽돌이 될 쯤이면
바다는 뜬눈으로 제 몸을 부렸겠지
밤이면 달빛도 내려와 살뜰히 핥아주고

파도가 밀려왔다 밀려가기를 수만 번씩
엎어지던 불협화음 쓸리고 쓸어가며
부딪쳐 으깨어진 채 서로를 품어내고

새 아침 햇귀 아래 어깨를 기대느라
자갈자갈 모여 앉은 얼굴들을 보아라
모난 곳 하나 없구나, 둥글게 뭉쳤구나

달걀

− Last Normal time

옛 친구가 귀히 보낸 유정란 한 꾸러미

알 나을 때 걀걀~ 대며 암탉 볏도 떨렸으리

날개를
푸득 거리며
제 둥지를 지켰으리

안팎으로 종종걸음 큰일 했다 재는 사이

알 낳았네, 싱긋대며 거둬가는 손안에서

어미와
나눈 체온은
언제까지 남을까

건너편 풍경

배꽃 피어 환한 날에 창문 바라 섰습니다
모퉁이에 내다 버린 의자 하나 오두마니

온종일
가슴 언저리
그림자로 떠돕니다.

누군가 지친 하루 너그러이 받아줬을
그렇게 한세월을 가뭇없이 지키다가

폐기물
딱지 붙이고
꽃비 속에 처연합니다.

애년艾年

살아온 모든 날은 누구라도 돈을새김

일이든 사람이든 올 때 오고 갈 때 가서

눈 감고 더듬어 봐도 쥐고 펼 줄 아는 나이

2부

타작마당 가장자리

활개똥

너는 다 안다는 걸 사실 내가 모르는 게

답답하고 부끄럽고 용서가 되지 않아

이 궁리 저 궁리 하다 다시 읽고 또 읽는다

시어의 빈곤함에 진저리를 치는 그때

문단의 노시인이 한 말씀 거드신다

설익은 시인일수록 척, 하다가 끝이 나지

찰리 채플린처럼*

성수기가 오기 전 납기일 안 넘기려

쏟아낸 놀빛 땀방울, 두어 말 가옷 쯤

그 사내 굽은 등 너머로 유월이 지고 있다

수십 만 에어컨이 대형차로 떠나가고

짐짝으로 남아 있는 한 칸 반, 반 지하에

천식이 도진 선풍기, 그 어깨를 다독인다

*채플린: 영화 '모던 타임즈'의 주인공

어허, 벗님네들

입을 것은 벗어 놓고 벗을 것은 입고 앉아
어정뱅이 밀릴세라 속내 꽁꽁 숨긴 얼굴,
엉너리 반지빠른 말도 높바람에 던져야지

진영논리 피죽바람 끼리끼리 편 가르고
트레바리 혓바닥에 곧추세운 창검하며
발 동동 민초의 등뼈, 어마지두에 어빡자빡

터널

소리, 소리 허둥댄다 출구를 찾지 못해

된바람 황소 기침 주저앉아 숨 고를 때

콧수염 풀기 세운다, 고양이 등 곧추선다

잡초 도감

열무밭에 나가 앉아
잡초를 뽑고 있다

쇠뜨기 방동사니
민들레 망초 등속이

자꾸만
고개 흔들며
말꼬리 물고 있다

유빙流氷의 시간

덴 가슴 여인처럼 귀 닫고 눈 감았네
유빙流氷으로 떠도는 실직과 이직 사이
저렇듯 입간판들만 오르고 또 내리고

하현달 아니 상현달 왁자한 탁상공론
요지경 뺨칠 세상 웃다가도 불을 뿜네
눈물져 맺힌 고드름 행여 등에 꽂힐라

내민 손 잡지 못한, 닿을 수 없는 거리
움푹 팬 틈을 지고 곡주穀酒로 괴는 시간
언제쯤 살얼음 뚫고 명지바람 살랑댈까

어느 한낮

폈다가 다시 구긴다, 새로 쓰는 편지 갈피

고흐의 잘린 귀를 또 붙안고 일어설 때

'찾지 마, 부르지도 마!' 꾸짖듯 애원하듯

누구나 한 번 쯤은 은장도 날을 벼리고

단칼에 부끄러운 일 베어내고 싶겠지만

어쩌랴! 아직 중천 해, 끌어안고 간다네

반그늘

잔금 간 항아리 같은 옆얼굴 힐끗 본다
삼십 도로 기울어져 왼쪽으로 밀려난다
벌어진 입술 사이로 불협화음 끊임없다

하루 해 얹힌 등을 벌레처럼 웅크리고
내 천川 자 미간에 긋고 깊은 잠 더듬을 때
한 남자 노동의 반이 내 쪽으로 넘어온다

내어준 반그늘이 무에 그리 대수인가
한때는 까칠했던 내 나이도 순해져서
어깨에 작은 불꽃이 따스하게 지펴 든다

안면도 일기

쉼 없이 밀려가고 밀려오는 구름 일가
사이사이 내비치는 햇살 줄기 조붓하다
추억은 푸른 연락선 머리 위로 길을 내고

언약으로 남아 있는 겹겹 접힌 편지 갈피
눈 감고 떠올리는 그날의 이야기가
내 안의 감각을 깨워 촉수마다 등불 켠다

깊을 만큼 깊어져서 가을은 말이 없고
들녘을 헤엄치는 잔바람 지느러미
빌딩 숲 멀어질수록 너는 더욱 환하다

새참일기

비 개인 오후 네 시
후루룩 면발 소리

타작마당 가장자리
가을이 먼저 와서

둥글게 앉아서 먹는
김치라면 한 그릇

4단계

파지 같은 겨울 볕살, 대신 시장 골목길에
반쯤 눈을 감은 얼굴 지쳐가는 긴 기다림
빛바랜 현수막 사이로 하루해가 눕는다

숨어버린 쉬파리를 찾기라도 하는 걸까
때 절은 털이개로 간간히 허공을 치는
어쩌면 '모던타임즈' 영화라도 찍는 듯한

개 한 마리 얼씬 않는 적막한 길에 대고
"떨이요오, 어떠리요~" 듣는 귀 하나 없다
거미를, 저 땅거미를 저 홀로 치고 있는

봄, 미세먼지

애 어른 할 것 없이 죄다 잃어버렸네

백내장 눈 비비며 시력 찾는 이른 봄날

눈동자, 생강나무에서 내려올 줄 모르네

뭉크의 날들

포성 없는 포연 속에
기침 소리
천둥소리

천세千歲난 마스크는
예나 제나
동이 나고

그 절규, 비명 소리만
우두망찰
떠돈다

못 박는 날

박는다 대못 쾅쾅, 완강한 몸짓이다
으랏차차 젖 먹던 힘 두드리고 내려치고
물러설 내가 아니다 벽 끝까지 가 볼 거다

그때 잠시 멈칫한다, 낯익은 사이라고
이제 그만 힘을 빼고 참아보자 다짐한다
서로는 상처투성이, 마침내 안고 품는다

3부

못 잊어 딸려 온 것들

참매미

악보를 다 외는지 합창소리 한창이다

정 떼고 떠난 사람 탁주잔에 띄워 놓고

양평장 해장국밥집 식탁마다 소란하다

혼밥

풀 더미 기댄 석양 마른침 넘어간다
비좁은 골목마다 넘쳐나는 고시원엔
찬거리 먹을거리가 아쉬울 게 없다는데

낯선 곳 뿌리 내린 서울 어느 단칸방에
담 아닌 담을 쌓고 홀로 선 아들 생각
섬 같은 벽과 벽 사이, 수저 소리 무겁다

칠석과 입추 사이

찌러기 뜸베질에
모루도 흔들린다

어지러운 이 땅 어디
영웅 하나 태어날까

진종일
풀무질 소리
폭염이다, 42도

치아 파절

욱씬욱씬 일러 준다 다친 게 사실이라고

눈물 찔끔, 콧물 찔끔 끝내 도진 식도염에

놓친 죄 너무 미안해 슬픔 꾹꾹 누른다

이사

탬버린 미루나무 찰랑대는 언덕바지
새로 난 길 휘파람은 귓가에 맴을 돌고
군량들 논배미 위로 날아들던 백로 떼

신도시 재개발로 흔적 없이 사라져간
내 고향 풍경들을 가슴에 옮겨 왔네
마음속 단추만 누르면 재생되는 동영상

우포 연가

짜랑짜랑 유월 햇살 귓불 잡아 깨물고

깊이 모를 우포늪 질정 없이 활활 탔지

좋으리, 죽어도 좋으리 너 함께 물든다면

어인 일?

물에 빠진 달 조각을 물고기가 뜯어 먹고

그 물고기 잡아다가 안주로 구워 잡순

죄라면 그것뿐인데 팽 영감이 탈이 났다

"이것이 뭔 지랄이여, 119를 다 타보고"

병원비 속이 쓰려 삿대질로 밤을 샌다

낙동강, 풀어진 괄약근 시치미만 떼고 있다

세밑에

쌓다가 허물다가
무수한 발자국들

열두 달 행간마다
그림자 지나간다

못 잊어 딸려온 것들
눈송이에 매달린다

석화石花

거북등 갈라진 손 굴 조개를 따고 있다
돌밭 길에 상한 발톱 바위 와락 끌어안고
두 어깨 휘어지도록 이 악물고 참아낸다

으스러진 한쪽 귀를 바다 끝에 열어 둔 채
속살만은 지키리라 앙다물고 소리치는
목숨아, 푸른 목숨아 섬도 울고 그녀도 운다

밤골 이야기

내 새끼 행여 누가 데려갈까 애면글면

검 같은 날을 세워 독을 품고 지키더니

아람이 떠난 율곡리, 머리칼 잘린 빈집이다

탱탱한 알밤 품고 지극정성 기르던 곳

보내고 떠난 자리 모정을 예서 본다

빈 껍질 뒹구는 마을 독거노인 모여 사는

토룡의 소신공양

필사의 몸짓이다, 유서처럼 써내린다
투지례投地禮, 투지례! 너도 살고 싶었구나

절명 시,
고쳐 쓰다가
소신공양 들었는가

어쭙잖은 이야기

여보세요, 더듬더듬 내 이름을 물어오네

"나, 성민이." 순간 고성능 안테나가 기억창고 스캔하네. 그 목소리 듣자마자 떠오르는 얼굴 하나 "용만이 소식 아니?" 우물쭈물 내게 묻네. "동창생 고향 친구, 영어 공부 함께 했던? 서울로 이사 간 후론 한 번도 못 봤는데…" 할 말이 서로 없자 서둘러 전화 끊고 다시금 떠올려 본 반듯했던 그 얼굴, 하굣길 논두렁에 우연인 듯 신문 들고 빙긋이 지켜 섰던… 아홉 남매 가난한 집 개천에서 용 났다며 아버지는 성민 오빠 침이 마르게 칭찬하면서도

우리 집 얼씬만 해도 헛기침은 단호했지

가로등을 켜며

사람이 그리울 때는 시도 때도 없다는 말

실비에 연둣빛 새싹 두 눈 뜨는 봄날이든, 장맛비 그친 하늘 잠자리 떼 수놓은 여름이든, 바람이 선들 불어 밤새 문고리 흔들며 단풍지는 가을이든, 할머니 잔기침 소리에 첫눈 서성이는 겨울이든,

첫 새벽 눈뜰 때부터 잠자리에 들 때까지

어떤 날

그런 날 가끔 있다, 뒤로 넘어져 코 깨지는

접시 물에 하필이면 코를 박고 실신하는

오늘이 그날인 거야, 남 탓일랑 아예 말길!

4부

정지된 화면 속

수묵화

갯벌에 주저앉은 수척한 폐선 한 척

해종일 바라보다 시나브로 해 저무네

왜바람 다녀가시나, 헤살질 도져 온다

화장터

― 네팔에서

허물 벗고 떠나간다, 누추한 생을 벗고
마지막 세족식 날 나란히 발 모으고
장작불 화염에 안겨 만행 길 들어서네

끼니 걱정 자식 걱정 불 속에 내던지고
무에 그리 바쁘다고 훨훨 날고 있는 건가
헐렁한 그 한 생애가 티눈처럼 아리네

다 못 탄 숯 검댕이 냇물 속에 띄워놓고
남은 재 뼛조각도 쓸려나갈 때쯤이면
눈부신 나들이 채비, 하늘 문 열고 있네

푸서리길

재우치는 시월 그날 산동네 골목길로
쪽방 촌 바람들 듯 언뜻 스친 너의 눈빛
한순간 천둥소리에 벼락같이 떠나갔을

티라노 사우르스 반눈 뜨고 달렸을까
땅 위에 그 도마뱀 뵈지도 않았다지
바퀴가 지나간 자국 발 동동 멀어지던

툭 끊긴 푸른 동맥, 명자꽃 떨어지네
때마침 저녁놀은 울음을 터뜨리고
지상은 비릿한 통증 길이 길을 묻는다

포도 알 노을

포도 알 탱글탱글 먹빛으로 물이 들고

한 알 두 알 따다보니 지스러기 남았는가

화들짝 돌아앉은 채 남은 볕살 헤아린다

등 굽고 상처 나고 빛깔 또한 희미하네

건망증 무릎관절 돋보기도 어지럽네

아, 글쎄 웅크려 앉은 저 모습은 내 아람치

카트만두 셰르파

흙먼지 더께 앉은 가난 설움 숨긴 발끝
욕심 없는 가슴 한켠 부처를 섬긴 걸까
하얀 이
검붉은 얼굴에
가을 하늘 무너지네

대물림 가난 속에 주름살 깊어가도
작은 일 감사하는 밀레의 '만종' 같은
이제 막
만년설 지나
푸진 햇살 푸른 날에

소록도, 그 흡연실

숙대입구역 8번 출구 커피숍 그 한켠에
전화 없는 전화 부스 오늘 하루 펼쳐 놓고
한센병 서러운 눈빛 찻잔 속에 녹아드네

오후 네 시, 서로에게 언덕이 되는 시간
해저터널 뚫고 가듯 꼬리 무는 연기 따라
한 하운 보리피리 같은 철록어미 저 해금니

빈 집

1.
등 굽은 기와집에 거미들 분주하다
저 홀로 반짝이는 이빨 무딘 사금파리
민들레, 손수건 들고 앞마당을 지킨다

2.
앞에 선 미루나무 얼결에 뒤에 두고
인동초 시린 발등 굽이굽이 망백_{望百} 앞에
구급차가 실려 간 그날, 섬이 할매 소식 없고

3.
오가며 지나는 길 언제나 장날이고
목 빼고 기다린 봄 이태나 지났건만
그 빈 집 아들 내외도 발길 끊은 외딴 섬

동백꽃

겨우내 웅크린 목 햇살이 다독일 때

길섶에 앉은 풀씨 긴 잠 깨어 하품할 때

화르르, 불타오르는 이른 봄날 정경이다

풀었다 다시 짜는 페넬로페* 수의였나

매서운 된바람이 수없이 목을 쳐도

끝까지 단심가 한 소절 마디게도 받쳐든다

*그리스 신화에 나오는 영웅 오디세우스의 아내

관통

분당 그 신도시에 수지가 또 개발된다?

어쩌다 돌연변이 몸피 커진 내 고향 땅

눈썹만 겨우 남기고 뭉텅, 뜯긴 무등치산*

*용인 수지구에 위치한 동네에서 제일 큰 산

마른장마

잔소리 시작이다 중언부언 횡설수설

작년에 하던 그 말 어제 오늘 똑같은 말

치매기 도지는 중인가 햇살 번뜩, 다녀간다

일석이조—石二鳥

겹겹이 어깨 겯고 앞산이 조아릴 때

평상 앞 가부좌 틀고 시 세계에 들었겠다 골똘히 시어를 고르느라 목계처럼 앉은 내게 비장한 침 빼어 물고 앵앵거리는데 모기 따윈 관심 없다 팽팽한 나의 시선 어둠에 직조되어 산은 차츰 가라앉고 산의 하복부가 주저앉기 바로 직전 옳거니, 떠오른 말 무릎을 딱! 쳤는데 독 묻은 비수보다 더 빠른 내 손바닥 방심하는 사이에 잠시 넋을 놓은 거지

결백한 녀석의 시신, 피 맛이나 보게 할 걸

폭염경보

빛 독촉 왈자패 눈알 같은 햇살 아래

독사의 몸뚱어리 개구리 숨통 쥔다

정지된 화면 박차고, 뫼르소 걸어온다

이바구와 이바구 사이

잘 빚은 도자기 속은 깡그리 쑥대밭이다
윤기 나던 그 거짓말 술술술 술이 되어
창자에 박힌 돌까지 죄다 쏟는 혹등고래?

ㅋㅋㅋ 토악질하다 ㄹㄹㄹ 노래하다
ㅍㅍㅍ 주먹질에 ㅂㅂㅂ 흔들거리다
견고한 어느 틈에서 금이 가고 있었는지

지킬과 하이드 씨 두 생각 한 몸인데
만부당한 어불성설 입에 발린 그 엉너리에
고개를 갸웃거린다, 가도 가도 안개 속을

5부

내려다보고 살아라

신파조

그토록 사랑하던 그 사람 돌아설 줄이야~*

번번이 이야기는 그렇게
시작하지

오지도 않은 사랑을 놓쳤다고
울면서

*대중가요 중에서

어머니 잠언

'내려다보고 살아라' 입버릇 옛 말씀을

입술 한껏 깨물면서 되새기고 오르던 길

아득한 그 절벽 앞에 서성이네, 눈을 드네

등짐에 가려, 가려 겨우 앞만 보이던 날

방아깨비 풀무치도 이렇게나 예쁠 수가!

굽은 산 절반을 넘어 그 말씀 다시 듣네

나이를 헤다

내 나이 불혹일 때 하염없이 미안했지

지천명 그맘때엔 쉰밥 보듯 화가 났지

어쩌다
이순耳順의 나이,
외려 귀가 어지럽네

꼬투리
- 사춘기

초록 방에 그리 갇혀 발 옹그려 기다린다

왁자한 세상 읽기, 좀이 쑤셔 달뜨는 날

이젠 더
참을 수 없다,
무조건 탈출이다

감초양반

이 집 저 집 대소사에 발걸음이 바쁘셨다

집안일은 제쳐두니 얼마나 애탔을까

혼잣말 두런대시던 어렸을 적 울 어머니

누구신가

지고 피던 세월 언덕 반 잘린 백년인가

액자 속 앳된 얼굴, 곱디고운 당신 모습

막내딸
동갑이 되어
내 나이를 묻고 있네

이순을 훌쩍 넘긴 가을 잎 그 눈빛으로

처연한 눈부처 되어 물 간 자리 이리 깊고

아직도
사뭇 붉은 뺨
나인 듯이, 딸인 듯이

그렇지, 그렇지!

아가에게 배워야 해, 얻기 위해 버리는 걸

삿된 욕심 없다는 걸, 깡그리 버렸다는 걸

쥐었던
금반지 던지고
과자 보고 웃는 마음

자가 격리

메일도 카톡마저
모르는 채 삽니다

뙤약볕에 장맛비에
갈피잡지 못합니다

겹겹이 문 닫아 걸고
천장 바라 눕습니다

그 남자

떠났다, 오랜 벗이 번호만 남겨 두고
한번만 확인하고 오늘은 지워야지

그 순간
귀 익은 컬러링,
오싹 한기 스며든다

슬픔에도, 찬양은 왜 이토록 은혜로운가
심령소설 페이지를 넘기듯 받아든다

아내는
하늘 갔어도
전화기는 품고 산다

갱년기 냉장고

단잠을 깨운 뒤끝 불면증을 데려온다

그녀의 코골이가 시작된 건 약 2년 전

늦도록 세던 숫자들 '아흔아홉, 백, 그리고…'

콧바람 심해질 때 성인병 깊어만 가고

종합병원 선물세트, 고혈압에 당뇨까지

그녀를 방치한 죄로 지금 나는 중환자

수저論

점 하나로 님이 되고 남 된다는 그 말에

잡은 수저 슬그머니 내려놓고 웃어보네

생명줄 밥숟가락도 엎으면 무덤인 것을

세상사 골목골목 눈길 한 뼘 주다 보면

여반장 같은 일이 어찌 이 일뿐이랴

수수깡 안경을 쓰고 헛기침에 익숙할 뿐

우리가 스쳐갈 때

저녁놀 등에 지고 동작대교 건너간다

마주쳐 달려오는 4호선 저 전동차

소낙비 설거지 끝에 유리창 말끔하다

스쳐 가는 얼굴들, 찰나의 이 만남이

풍선껌 미소 물고 입가에서 부푼다

점점이 사라지는 그들 눈짓들이 따습다

항아리

텅 빈 간장독에
왕거미가 깃들었다

갈앉은 적막 속으로
어둠이 눈짓한다

목숨을 외줄에 걸고
필사적인, 저 몸짓

고등어 한 손

나무 궤짝 귀퉁이에 한 몸으로 포개져서

꽁꽁 얼어버린, 누구냐 너희들은

한겨울 동생을 안고 선잠이 든 꽃제비들

둥긂을 이루는 반그늘의 길

정수자(시조 시인)

둥긂을 이루는 반그늘의 길

정수자(시조 시인)

마스크 시절을 살아내고 있다. 칼보다 펜이듯, 입보다 펜의 힘을 밀고 가는 부류가 시인들이다. 이제는 펜 대신 자판이 됐지만, 마스크로 상징되는 감염병은 누구에게나 유례없는 감옥이다. 그런데 코로나19바이러스와의 전쟁이 길어지면서 '감염'이라는 표현도 조심스러워졌다. 문학의 공감력과 호소력을 감염력으로 표현하며 무심히 써온 단어마저 예민하게 짚이는 것이다.

그런 가운데 팬데믹은 문학에 어떤 영향을 미치며 작동하고 있을까. 처음에는 마스크의 고통과 고충과 고독 들이 다층적으로 터져 나오더니 곧이어 코로나 이후 삶에 대한 진단과 전망 등이 심층적으로 나온다. 감염병 재난이 전

지구를 뒤덮다 보니 평상시보다 시적 구원과 연대 그리고 예언적 기능 같은 것들이 강화되는 느낌이다. 시선을 우리 주변으로 좁혀 봐도 위로와 치유에 기울어진 시편이 많이 보인다. 힘들고 지칠 때, 그런 것들에 대해 말하는 것만도 고통을 덜고 나누는 삶의 일임을 보여준다. 자기 고백이든 현실적 발언이든, 작품이 곧 사회적 투영이니 쓰기라는 행위로 당면한 현재를 뚫고 나가는 것이겠다.

이런 현실과 삶은 김숙희 시집 『둥근 것의 힘』에도 자연스럽게 배어 나온다. 시인은 1998년 『시조생활』로 등단한 후 『꽃, 네 곁에서』, 『엉겅퀴 독법』을 펴냈는데 이번이 세 번째 시집이다. 출간이 적은 듯싶은 것은 그동안 문단과 다소 떨어진 교육 현장의 일에 몰두했기 때문이다. 32년간 초등교육에 헌신하며, 국어교과서 (4·5·6차) 심의위원과 5차 말하기·듣기 집필위원으로 참여하다 보니 시 창작하는 시간이 적었던 게 사실이다. 시인은 명예퇴임 후 현재까지 '은하수숲유치원'을 운영하며, 유아교육에 전념하고 있다. 이번 시집은 바쁜 중에 틈틈이 쓴 근작들의 모음으로 한층 원숙해진 자연의 관조나 일상의 성찰 등을 오붓이 담아내고 있다.

*

마스크는 최근 우리 삶의 풍경을 바꾼 상징적인 기제다. 국가적 통제부터 억압이며 금기 등을 환기하는 마스크가 자신을 보호하는 방역의 척병이기도 하니 참으로 다의적 기표로 작동하는 것이다. 3년째 접어든 전 지구적 감염병 시절이니 마스크 관련 작품이 하나도 없이 이 시절을 건너는 시인은 없을 것이다. 그런 현실의 고뇌를 김숙희 시인도 차분히 살피고 담아내고자 한다. 먼저 시인이 짚어내는 마스크 시절의 형상화를 통해 이번 그의 시세계로 들어가 본다.

포성 없는 포연 속에
기침 소리
천둥소리

천세千歲난 마스크는
예나 제나
동이 나고

그 절규, 비명 소리만
우두망찰
떠돈다

－「뭉크의 날들」 전문

파지 같은 겨울 볕살, 대신 시장 골목길에

반쯤 눈을 감은 얼굴 지쳐가는 긴 기다림

빛바랜 현수막 사이로 하루해가 눕는다

– 「4단계」 부분

위의 시조 「뭉크의 날들」을 읽으면 '뭉크'의 상징 같은
어떤 표정이 떠오른다. 뭉크의 유명한 「절규」, 한 번 보면
잊지 못할 절규의 표정은 어떤 전언보다 강렬하다. '현대
인의 정신적 고뇌 상징'이라는 요약 이상을 담보한 표정은
높은 애호만큼이나 다양한 활용과 변용으로 확장된다. 뭔
가 내뱉지 못하는 속을 다 토할 듯 외치는 표정인데, 제목
이 또 크게 거든다. 그 당시 노르웨이 기후의 반영이라 하
더라도, 우리에겐 '절규'의 가장 강렬한 극대화로 각인돼
있는 것이다. 김숙희 시인은 그 뭉크를 제목에 놓고 우리
삶에 닥친 마스크의 시간을 압축한다. "포성 없는 포연 속"
처럼 지나는 전쟁 같은 재난 속에 소리 없는 "비명소리만"
떠돌고, 그림 속의 인물처럼 우리는 입이 막힌 채 살아내
고 있다. 조금씩 나아져 간다지만 제도적 통제를 당연히
수용한 절제로 자신을 지키려고 "우두망찰"의 시간을 간
신히 넘고 있는 것이다.

아래 시조는 그런 위기가 극대화된 "4단계" 방역의 현
실을 보여준다. 단계를 올리는 방역 강화로 국민을 지키려

는 거라지만 모두가 지쳤다. 삶의 피폐라는 수위를 넘어 파괴될 정도를 겪는 소상공인에겐 더 가혹하다. 시인은 그런 모습을 "대신 시장 골목길"에서 보며 "파지 같은 겨울 볕살"과 "지쳐가는 긴 기다림"으로 그려낸다. 소상공인 피해가 가장 컸기에 시인의 눈에도 시장의 속내들이 아프게 짚이는 것이다. 이렇듯 더 힘들고 더 어둔 곳을 살피는 시선으로 시인은 세상의 속말을 대신하는 사람으로 전한다.

*

시조의 길에 들어선 시인이 가장 공들이는 미학은 무엇일까. 시의 필패는 기본이지만, 그런 중에도 시적 완성에는 어떤 어려움이 가장 크게 작용할까. 많은 시인이 단수를 들고, 종장의 미적 극대화라고 할 듯하다. 실제로 짧은 양식의 강점인 촌철살인寸鐵殺人의 묘수를 발휘하려면 상당한 내공이 필요하다. 처음에는 접근이 쉬운 듯싶어 스케치하듯 단상의 소묘로 단수의 재미를 맛보기도 한다. 하지만 몇 번만 비슷이 이뤄도 더 이상은 안 되니 다른 차원의 발견이며 발화가 있어야 산다. 그만그만한 작품에서 훌쩍 벗어나 정형의 아름다움까지 구현하기가 쉽지 않은 까닭이다.

어디에도 길은 없다, 벽과 벽 사이에는

수천 길 크레바스 갇혀버린 열 손가락

한 뼘도 나가지 못하는 허공 속에 뜬 감옥
                        - 「청탁원고」 전문

지난 것 다 내주고 물기 마른 옥수숫대

오래된 폐가처럼 삭은 관절 무너지고

찬바람 허리 휘감는 요양병원 저 불빛
                        - 「외등」 전문

나무 궤짝 귀퉁이에 한 몸으로 포개져서

꽁꽁 얼어버린, 누구냐 너희들은

한겨울 동생을 안고 선잠이 든 꽃제비들
                        - 「고등어 한 손」 전문

위 세 편은 단수 중에도 시인의 관점이나 새로운 표현

이 돋보이는 작품들이다. 「청탁원고」가 글 쓰는 자로서의 자기 고뇌를 극명하게 살린 것이라면, 「외등」이나 「고등어 한 손」은 타자를 향한 시선이 잘 집약된 작품이다. 우리는 종종 "어디에도 길은 없다"는 막다른 지점에서 벽에 이마를 짓찧는 고통에 휩싸인다. 무릇 글쓰기가 그러한데 정형시는 내용과 형식의 줄다리기에 고통이 가중된다. 때로는 자신도 깜짝 놀랄 발견이며 발상이라고 도취해서 정형에 앉혀도 더 맛깔스러운 효과를 찾다 좌절하기 쉬운 까닭이다. 어느 장르라고 작품의 완성이 수월한 것은 아니지만 정형시는 형식 안의 시적 발휘가 더 까다로운 것이다. 그래서 "한 뼘도 나가지 못하는 허공 속에 뜬 감옥"이라는 압축과 이미지 앞에 많은 공감이 나올 것이다. 그렇듯 수많은 "감옥"을 거쳐도 다시 감옥에 처할 운명을 택했으니 어쩌랴, '즐거운 글감옥'(홍성원)으로 들어갈 밖에.

그와 달리 「외등」은 "오래된 폐가처럼 삭은 관절 무너"진 노인들의 긴 밤을 환기한다. "찬바람 허리 휘감는 요양병원 저 불빛"도 내일이면 떠나보낼 사람이 있을 것이다. 시인은 안타깝게 그들의 시간을 생각하며 장수시대 노인들이 직면한 현실을 "외등"에 담아 그려볼 뿐이다. 약자를 향한 시선은 「고등어 한 손」에도 잘 담겨서 우리 시대 슬픈 초상인 "꽃제비"들을 통해 나타난다. "나무 궤짝 귀퉁이에 한 몸으로 포개"지다니, 생선을 대하는 방식으로 사람도

"궤짝"에 담기는 세상의 축도縮圖다. 세계적 문제가 된 난민들 처지나 북한에서 탈출한 어린 소년들은 모두 참혹한 시간을 견딘다. "한겨울 동생을 안고 선잠이 든 꽃제비들" 모습은 "고등어 한 손"과 다를 바 없다. 유아교육현장에서 일하는 시인은 이를 특히 더 안타까운 심정으로 전하는 느낌이다.

　단수에는 압축과 긴장감 서린 표현이 더 극대화된 양상을 보인다. 예컨대 「동백꽃」을 그릴 때는 "화르르, 불타오르는 이른 봄날"의 매운 속성을 "끝까지 단심가 한 소절 마디게도 받쳐든다"고 환기한다. 매서운 바람을 딛고 피는 동백꽃을 "단심가 한 소절"로 뜨겁게 불러주며 그것을 "마디게도 받쳐든다"고 높여주는 것이다. 동백꽃과 비슷하면서 다소 연한 색깔의 "명자꽃"을 일러 시인은 또 "툭 끊긴 푸른 동맥"에 비유한다. 두 꽃이 빨강의 진한 빛을 띠는 까닭에 "단심가"나 "동맥" 같은 심장이며 핏빛이 선명하게 연상된 듯하다. 이렇듯 꽃들의 뜨거운 내면을 잡아내고 선연히 펼쳐내는 묘사는 다음 단수에서도 효과를 발휘한다.

　　짜랑짜랑 유월 햇살 귓불 잡아 깨물고

　　깊이 모를 우포늪 질정없이 활활 탔지

좋으리, 죽어도 좋으리 너 함께 물든다면

　　　　　　　　　　　　　　　－「우포 연가」전문

　우포는 생태의 보고로 알려진 우리나라 최대의 내륙 습지다. 약 1억 4천만 년 전에 생성된 것으로 추정되는 늪이자 호수다. 그런 곳에서도 화자는 "질정없이 활활" 타는 그 무엇의 내면을 읽어낸다. 이를 이어 받은 종장은 한층 고조돼서 마치 정사라도 꿈꾸는 듯싶은 직설적 토로를 펼쳐 보인다. "좋으리, 죽어도 좋으리 너 함께 물든다면"이라니! 그런데 실상 주체는 "짜랑짜랑 유월 햇살 귓불 잡아 깨물고" 있는 "깊이 모를 우포늪"이라 화자 자신은 아니다. 한여름 우포늪의 뜨거운 한때를 한 편의 황홀한 "단심가"로 살려본 것이다. 에로틱한 표현에 힘입어 이 장면을 좀 더 밀고 나가면 해(남성적 이미지)와 늪(여성적 이미지)을 아울러 여름 한낮의 "질정없이 활활" 타는 우포늪의 독보적인 그림이다. 그렇게 읽으니 시조에서는 드문 이미지 조합의 강렬성으로 더 도드라져 보인다. 시조단은 금기를 너무 의식하는데 이런 풍토야말로 누군가 새로운 작품으로 깨고 나가야 사라진다. 비시非詩적인 게 시적인 새로움으로 빛을 발한 지 오래고, 그 또한 낯익게 되면 버림받는데 시조단은 시조다움에 너무 오래 매인다고들 한다. 정형의 보수성에 기인하겠지만, 형식의 절제가 시상의 절제로까지

가면 상상의 폭이나 높이도 그만큼 졸아들게 된다.

*

살다 보면 노랫말이 절묘하다는 생각이 자주 든다. "청천 하늘엔 잔별도 많고 이 내 가슴에 수심도 많다"는 진도 아리랑만 해도 그렇다. 살기가 더 팍팍해진 요즘은 어딜 가나 수심과 탄식이 저미는 듯하다. 팬데믹 후에는 양극화가 더 심해진다니 늘어나는 근심 그늘이 세상 고샅마다 얼마나 더할까 걱정들이다. 김숙희 시인이 마주친 신산한 삶도 어디나 있을 도시 빈민의 한 모습이라 짠한 울림을 안긴다.

잔금 간 항아리 같은 옆얼굴 힐끗 본다
삼십 도로 기울어져 왼쪽으로 밀려난다
벌어진 입술 사이로 불협화음 끊임없다

하루 해 얹힌 등을 벌레처럼 웅크리고
내 천川 자 미간에 긋고 깊은 잠 더듬을 때
한 남자 노동의 반이 내 쪽으로 넘어온다

내어준 반그늘이 무에 그리 대수인가

한때는 까칠했던 내 나이도 순해져서
어깨에 작은 불꽃이 따스하게 지펴 든다
― 「반그늘」 전문

반그늘은 '광원에서 발하는 빛이 물체를 비추었을 때 생기는 그림자 중 빛이 부분적으로 도달하는 부분'이라는 사전의 풀이가 있지만, 왠지 다른 함의가 엿보이는 단어다. 이 시조가 대중교통수단인 버스(지하철?) 안에서 내어준 시적 화자의 어깨와 품을 담보하기 때문일 게다. 상대는 "잔금 간 항아리 같은 옆얼굴"의 소유자, 그가 "삼십 도로 기울어져" 기댄 데다 "벌어진 입술 사이로 불협화음 끊임없다"니, 화자로서는 당황스러운 상황이 아닐 수 없다. "불협화음"도 얼핏 보면 그냥 코골이나 잠꼬대나 잠깐 낮잠에 흘리는 소리 같지만, 다른 면도 짚이는 표현이다. 세상과 불화하며 불협화음을 높이는 불만투성이 사람들이 좀 많은가. 그렇더라도 화자는 "한 남자 노동의 반이 내 쪽으로 넘어"오는 것을 치우지 않고 감내한다. 그저 "내어준 반그늘이 무에 그리 대수인가" 하며 "한때는 까칠했던" 자신도 너그러워진 나이임을 넌지시 환기한다. 거기서 나아가 "어깨에" 얹힌 불편한 사람의 불협화음까지 "작은 불꽃이 따스하게 지펴"지는 것으로 품는 데서 감동이 배가된다. 이런 감내가 세상을 견뎌온 나이의 품이자 사람의 격이고 함께 사는 세간의 일이라고. 독자도 한 사람의 고단한 기댐과 품음을 훈훈해진 마음으로 돌아보게 하는 것이다.

　김숙희 시인은 다른 세계도 유심히 바라보고 들어가고 그려본다. 세상이 힘들수록 위안처를 많이 찾듯, 시인 또한 쉴 곳을 찾아 지친 마음을 내려놓기도 한다. 그런 한때의 시간을 그린 「안면도 일기」는 그 자체의 풍경과 안팎의 묘사들로 그곳을 더 아름답게 그려낸다.

　　쉼 없이 밀려가고 밀려오는 구름 일가
　　사이사이 내비치는 햇살 줄기 조붓하다
　　추억은 푸른 연락선 머리 위로 길을 내고

　　언약으로 남아 있는 겹겹 접힌 편지 갈피
　　눈 감고 떠올리는 그날의 이야기가
　　내 안의 감각을 깨워 촉수마다 등불 켠다

　　깊을 만큼 깊어져서 가을은 말이 없고
　　들녘을 헤엄치는 잔바람 지느러미
　　빌딩 숲 멀어질수록 너는 더욱 환하다
　　　　　　　　　　　　　　　－「안면도 일기」 전문

　팬데믹에 마음껏 나다니지 못하는 사람들은 자기만의

장소를 찾아 휴식을 얻곤 했다. 여럿이 아닌 혼자나 가족끼리 호젓이 다니는 여행으로 지친 삶을 치유하는 것이다. 시인도 안면도라는 모두가 그리워하는 아름답고 편안한 곳을 찾은 것인지 유독 참하게 그곳의 "일기"를 전한다. 그 일기는 '日記'일 가능성이 높지만, '日氣'나 '一氣'를 겹쳐 봐도 무방하니 다의성에 따라 함의가 넓어지는 즐거움이다. "쉼 없이 밀려가고 밀려오는 구름 일가"에서 비롯된 기상 변화는 "사이사이 내비치는 햇살 줄기 조붓하"게 만들고, 추억도 "푸른 연락선 머리 위로 길을 내"게 한다. 하늘의 "구름" 가족 움직임에 따라 변하는 지상의 풍경과 마음의 무늬까지 섬세하게 담아낸 솜씨가 돋보이는 수채화다.

　　순하고 평화로운 이미지가 독자마저 편안케 하는 「안면도 일기」와 달리 질문이 담긴 작품도 확 띈다. 시적인 것과 비시적인 것의 생각들과 관련해 읽으면 웃음이 더 커지는 작품 「활개똥」이 그렇다. 웬만한 시인들이 기피하는 제목이지 싶어 독자는 금기를 타넘는 새로운 재미로 다시 읽는다.

　　　　너는 다 안다는 걸 사실 내가 모르는 게

　　　　답답하고 부끄럽고 용서가 되지 않아

　　　　이 궁리 저 궁리 하다 다시 읽고 또 읽는다

시어의 빈곤함에 진저리를 치는 그때

문단의 노시인이 한 말씀 거드신다

설익은 시인일수록 척, 하다가 끝이 나지
                                    - 「활개똥」 전문

　시에서 닿을 듯 못 닿는 시적 고양을 갈망하다 속이 까
맣게 타는 것은 비일비재다. 다른 시인의 발표작을 보면서
질투나 자괴감에 속이 타는 경우도 꽤 있다. 대가급 원로
시인이 그런 질투가 자신의 시를 일으키고 나아가게 한다
고 했을 때, 위로가 되는 것은 그런 까닭이리라. 천재는 낭
만주의가 퍼뜨린 하나의 산물이라고, 꾸준히 읽고 쓰는 노
력 없는 천부적 재능은 없다는 말에 고무되는 것도 그렇
다. 시인이 괴로워하는 "시어의 빈곤"과 "진저리"를 보던
노시인께서 건네는 말씀도 비슷하다. 아니 그보다 훨씬 시
원하게 속이 뻥 뚫리는 "활개똥" 말씀이다! '활개똥'은 좀
민망하긴 해도 일상에서 쓰여 온 순우리말로 배설 효과가
확실한 표현이다. 일찍이 아리스토텔레스가 세운 카타르
시스cathrasis는 정화淨化 · 배설排泄의 뜻을 지닌 그리스어로
비극의 정의(『시학詩學』 제6장) 가운데 나온다. 이후 널리

쓰이는 용어로 자리 잡았는데 이 작품의 활개똥('몹시 힘차게 내깔기는 물똥') 활용은 압도적이다.

하지만 다시 보면 이면에서는 또 무서운 뜻도 보인다. "설익은 시인일수록 척, 하다가 끝이 나지"라니, 이 대목의 "척"에 또 많은 것들이 걸리기 때문이다. '척하는' 시인이 어디 한둘이고 하루 이틀 일인가. 소시민 비틀기에도 있는 '척'을 많이 활용해왔지만, 여느 시인들의 시인입네 '척' 또한 세간의 비아냥에 오르내린 지 오래니 말이다. 김숙희 시인도 그런 모두를 싸잡아 질러주는 듯 "활개똥"의 쾌감을 맛본 듯하다. 한마디로 웃음 안기는 것도 시조의 다른 맛을 열어가는 즐거움이니, 이런 세계도 시인이 밀고 나가 볼 풍자나 해학의 확장이라 하겠다.

다음 작품에서도 위 시조와 비슷한 웃음이나 풍자를 시도하는 게 보인다.

> 잘 빚은 도자기 속은 깡그리 쑥대밭이다
> 윤기 나던 그 거짓말 술술술 술이 되어
> 창자에 박힌 돌까지 죄다 쏟는 흑등고래?
>
> ㅋㅋㅋ 토악질하다 ㄹㄹㄹ 노래하다
> ㅍㅍㅍ 주먹질에 ㅂㅂㅂ 흔들거리다
> 견고한 어느 틈에서 금이 가고 있었는지

지킬과 하이드 씨 두 생각 한 몸인데
만부당한 어불성설 입에 발린 그 엉너리에
고개를 갸웃거린다, 가도 가도 안개 속을
              - 「이바구와 이바구 사이」 전문

시의 맛은 나열하기가 무색할 만큼 깊고 많고 다층적이
다. 그런 중에 이 맛도 저 맛도 못 내면 재미라도 있어야 한
다는 시론이 시의 역할을 돌아보게 한다. 재미가 예술의
본연의 쾌락 기능과도 맞물리는 미감이니 시에서도 중요
한 맛임은 분명하다. 하지만 해학과 풍자가 많았던 옛 시
조와 달리 현대시조에서는 엄숙주의가 과해지면서 표현
의 수위를 조절하게 한다. 엄숙성에 교훈성까지 더하는 동
안 발칙하거나 전복적이고 위험해 보이는 표현들은 알아
서 피하는 경향을 초래한 것이다. 김숙희 시인이 「이바구
와 이바구 사이」에서 딱히 그런 비판을 담아낸 것은 아니
지만 "만부당한 어불성설"과 "입에 발린 그 엉너리" 등은
문학적 말의 안팎도 환기한다. 이야기의 방언인 "이바구"
가 그런 말맛을 효과적으로 전하는 한편 무성한 말을 쏟아
내는 많은 "입"들도 연상시키는 까닭이다. "ㅋㅋㅋ 토악질
하다 ㄹㄹㄹ 노래하다/ㅍㅍㅍ 주먹질에 ㅂㅂㅂ 흔들거리
다"로 초성만 나열하는 대목은 속도감 있게 쏟아내는 랩

같은 배설의 즐거움을 일깨우며 말 많고 탈 많은 세간의
면면을 짚게 한다.

*

   살다 보면 아버지나 어머니를 어느새 따라하는 자신을
본다. 묵묵히 하시던 언행도 따라하다 보면 스승이 따로
없다는 것을 확인한다. 시인의 어머니도 앞장서 일하는 품
성이셨는지 그 모습이 「감초 양반」에 담긴다. 특히 힘주지
않고 입버릇처럼 건네던 말씀에도 삶의 철학이 잘 요약되
니 그야말로 품 넓은 어른의 모습이다.

   '내려다보고 살아라' 입버릇 옛 말씀을

   입술 한껏 깨물면서 되새기고 오르던 길

   아득한 그 절벽 앞에 서성이네, 눈을 드네

   등짐에 가려, 가려 겨우 앞만 보이던 날

   방아깨비 풀무치도 이렇게나 예쁠 수가!

굽은 산 절반을 넘어 그 말씀 다시 듣네

-「어머니 잠언」 전문

울퉁불퉁 바윗돌이 몽돌이 될 때까지
바다는 뜬눈으로 제 몸을 부렸겠지
밤이면 달빛도 내려와 살뜰히 핥아주고

파도가 밀려오고 나가기를 수만 번씩
엎어지던 불협화음 쓸리고 쓸어가며
부딪쳐 으깨어진 채 서로를 품어내고

새 아침 햇귀 아래 어깨를 기대느라
자갈자갈 모여 앉은 얼굴들을 보아라
모난 곳 하나 없구나, 둥글게 뭉쳤구나

-「둥근 것의 힘」 전문

"내려다보고 살아라"는 흔히 쓰이는 말이다. 하지만 시인에게는 어머니의 말씀이라 귀하게 되새기는 삶의 지침이다. 재력이든 권력이든, 높고 낮음에 대한 뿌리 깊은 차별과 대우가 작동하는 세상이기에 더욱 그렇다. 겸허의 가치와 실천의 소중함을 알지만 살다 보면 마음대로 되지 않는 게 세상사다. 그래서 시인도 "굽은 산 절반을 넘어"서고 나서 "그 말씀 다시" 들으며 자신을 다잡는 것이리라. 그런 깨달음에 이르는 것도 반생은 좋이 넘어야 깊이 들리고 다시 보이니 말이다. 「둥근 것의 힘」을 몸으로 증언하는 "몽돌"들이 많은 시간을 파도에 시달려서 이루어내는 둥긂의 세계처럼. 모난 돌이 둥글어지기까지 모서리가 깎여 나가는 시간이 자기 수양의 기나긴 과정이듯, 우리네 삶 또한 그렇게 자신을 다듬으며 원숙해지는 것이겠다.

김숙희 시인은 많은 시간을 교육과 관련된 일에 바쳐왔다. 그런 교육현장의 일이든 글쓰기의 일이든, 때때로 길을 묻고 찾고 새기며 왔을 것이다. "지상은 비릿한 통증 길이 길을 묻는다"(「푸서리길」 부분)고 자주 돌아봤듯. 그렇게 지상의 길을 되묻는 지점이 많아서 문학의 길에 들어섰을지도 모른다. 문학도 넓게 보면 길을 묻는 일이자 길을 찾으며 삶과 꿈의 미학을 세우는 여정이니 말이다. 그런 어느 길에서든 시인이 보고 듣고 겪고 채집한 세상의 모습은 정형 안에 담기면서 더 조신하고 아담하게 빛난다. 이런 김숙희 시인의 작품들이 더 많은 독자와 함께하며 둥글고 깊은 울림으로 메아리치길 기대한다.